RECUEIL DRAMATIQUE

À L'USAGE

DES ORPHELINATS

ET

DES PENSIONNATS DE JEUNES FILLES

LE PORTEFEUILLE VERT

MOULINS

C. DESROSIERS, IMPRIMEUR-ÉDITEUR

1878

LE PORTEFEUILLE VERT

LE PORTEFEUILLE VERT

PERSONNAGES

Mme DUFRESNE, femme d'un banquier de Paris, (42 ans).
ANTOINETTE, 21 ans, ⎱ ses filles.
JULIENNE, 11 ans, ⎰
Mme LEFÈVRE, femme du médecin de la localité, (48 ans).
MATHURINE CRÉPIN, pauvre femme du village, (55 ans).
CÉLESTE, sa fille, (13 ans)
MARIETTE, femme de chambre de Mme Dufresne, (20 ans).

L'action se passe à la campagne, aux environs de Paris. Au premier acte le théâtre représente un salon simplement meublé, un canapé, quelques fauteuils, des tables ; sur l'une d'elles un pupitre fermant à clef.

Ⓒ

LE PORTEFEUILLE VERT

ACTE PREMIER.

SCÈNE I.

Mme DUFRESNE, Mme LEFÈVRE, ANTOINETTE.

Mmes Dufresne et Lefèvre sont assises sur le canapé. Antoinette, dans l'embrasure d'une fenêtre, brode sans se mêler à la conversation.

Mme LEFÈVRE.

En vérité, chère madame, je suis honteuse de vous mettre ainsi à contribution. Vous n'êtes dans le pays qu'un oiseau de passage et...

Mme DUFRESNE.

Permettez que je vous arrête ici. Lorsque, il y a dix huit mois, mon mari a loué ce petit castel, où je suis venue m'installer avec mes deux filles, ce n'était en effet qu'à titre d'essai, et d'un essai fort pénible. M. Dufresne ne pouvait quitter sa banque ; nous donner la journée du dimanche était la seule chose possible, et cette séparation nous était fort sensible à l'un et à l'autre ; mais la santé de nos enfants l'exigeait. Antoinette, devenue si robuste, n'avait pas alors

la fraîcheur de son âge, sans pourtant que son
état fût inquiétant, mais notre pauvre petite
Julienne était mourante, et la Faculté de Paris
ne l'envoyait à la campagne que pour s'en débar-
rasser. Néanmoins, l'air salubre de cette con-
trée, surtout les soins intelligents et si dévoués de
M. Lefèvre, ont opéré un miracle qu'il ne faut
point compromettre.... Nous sommes en négo-
ciations sérieuses pour devenir propriétaires de
cette villa où, mon mari renonçant aux affaires,
nous nous fixerons pour toujours.

Mme LEFÈVRE émue.

Quelle en serait ma joie! mais M. Dufresne
pourra-t-il se faire à un changement si complet
d'habitudes?

Mme DUFRESNE.

C'est la question que je me suis d'abord adres-
sée, mais mon mari, déjà presque un vieillard,
(il est mon aîné de quinze ans) aspire au repos,
il aura d'ailleurs ici, une occupation attachante
de toutes manières. La longue maladie de Julienne,
la nécessité de lui éviter longtemps toute fatigue
d'esprit, ont nécessairement retardé son éduca-
tion. M. Dufresne est très en état de se charger
de ce soin important, et il s'y dispose avec bonheur; ajoutez notre tendresse mutuelle, nos efforts,

à Antoinette et à moi, pour lui rendre sa maison agréable, enfin, l'amitié doublée de gratitude qu'il éprouve pour le sauveur de son enfant, votre excellent mari, et vous conviendrez qu'il y aura de larges compensations au mouvement parisien et au fastidieux travail de cabinet. Quant à moi, j'échange avec joie les trottoirs de la Chaussée-d'Antin contre les frais sentiers de nos bois, et de frivoles connaissances pour l'affection sûre que vous avez bien voulu me promettre.

Mme LEFÈVRE.

Dans mon saisissement, je ne trouve point d'expression pour vous peindre ce que j'éprouve. Dieu m'a refusé le titre de mère. La profession de mon mari l'éloigne sans cesse de notre foyer, et jusqu'au jour où vous m'êtes apparue, je n'ai pas eu d'amie, mais, en me disant que bientôt vous partiriez et qu'alors mon isolement me serait plus pénible encore, je résistais à la sympathie qui m'attire à vous.... jugez s'il m'est doux de m'y abandonner !

Mme DUFRESNE.

Ah ! si vous saviez quel bien ont fait à mon âme vos exemples de piété, de vertus domestiques, de dévoûment charitable, vous comprendriez que c'est à moi de bénir Dieu de notre ren-

contre ! mais, pour en revenir au premier sujet
de notre entretien, vous voyez que j'ai le droit,
peut-être le devoir, de prendre une petite part à
vos bonnes œuvres ; qu'avez-vous à me demander
encore ?

Mme LEFÈVRE.

Rien, car je n'ose vous dire que Mathurine
Crépin, la mère de cette enfant que vous avez en
quelque sorte adoptée, est dans une position fort
critique. Depuis trois ans qu'elle occupe la masure
que vous connaissez, elle n'a pu en payer la loca-
tion, et le propriétaire semble décidé à la mettre
dehors, en retenant son chétif mobilier ; je ne
sais ce qu'elle deviendra, mais vous avez tant fait
pour Céleste...

Mme DUFRESNE.

Le très vif intérêt que je porte à une enfant,
richement douée de cœur et d'intelligence, ne
pouvait que m'engager à soutenir sa mère, et je
l'ai essayé ; mais, je vous l'avoue, j'ai été déçue
dans mes intentions : autant la nature de Céleste
est élevée, ouverte, sympathique, autant celle de
Mme Crépin m'a semblé basse, insociable et
déplaisante. Vous savez comment la Providence
m'a fait rencontrer Céleste ; mes filles, Julienne
surtout, ont conçu pour elle une tendre affec-

tion ; elles l'ont habillée, et continueront à le
faire, aux dépens de leur garde-robe et de leurs
petites épargnes. Antoinette lui montre à coudre
et à broder. Julienne lui apprend le peu qu'elle
sait, et lui explique à sa manière que je surveille,
les instructions que, se disposant à leur première
communion, elles reçoivent ensemble au catéchisme. Sur la demande de ma fille, elles seront
compagnes à la table sainte où elles se présente-
ront vêtues absolument l'une comme l'autre ; enfin,
j'ose le dire, nous comblons de bienfaits Céleste,
qui, du reste, le reconnaît et le mérite ; mais
Mme Crépin se prête à tout cela de fort mauvaise
grâce, on dirait, qu'en nous permettant de nous
occuper de son enfant, elle croit nous faire beaucoup d'honneur. Certes, je ne lui demande pas de
gratitude, mais je lui voudrais un peu de politesse ;
et dernièrement, elle s'est montrée à mon égard si
amère, je pourrais dire insolente, que, pour ne
point rompre toute relation, j'ai dû penser qu'il
serait injuste de punir Céleste des torts de sa
mère.

Mme LEFÈVRE.

Ce que vous m'apprenez ne m'étonne point,
j'ai souffert aussi de l'affreux caractère de Mathurine, cependant.... connaissez-vous les antécé-
dents de cette femme ?

Mᵐᵉ DUFRESNE.

Je sais qu'elle a possédé une certaine aisance, mais j'ignore par quelles circonstances elle l'a perdue.

Mᵐᵉ LEFÈVRE.

Ces circonstances expliquent, sans les excuser, des défauts bien réels — Mathurine est née dans ce village, de parents fort pauvres, qui la laissèrent orpheline à l'âge de dix-huit ans. Comme tant d'autres, elle alla chercher fortune à Paris, et l'on peut dire qu'elle l'y trouva, car tout est relatif. Très laborieuse, et non moins intelligente, elle ne tarda pas à gagner de gros gages qu'elle accumula de façon à se voir, après vingt-cinq ans d'efforts, à la tête d'une somme assez ronde ; alors elle épousa un cordonnier-concierge qui, de son côté, avait amassé, par son travail et son économie, un fort joli pécule. Ils n'eurent qu'une fille, à laquelle ils donnèrent le nom prétentieux de Céleste. Quelques années après la naissance de cette enfant, les Crépins se croyant sûrs de leur avenir, se mirent chez eux, et goûtèrent la douce existence des petits rentiers parisiens ; par malheur, ils avaient placé tout leur avoir chez un banquier que Mathurine avait servi longtemps et qui lui inspirait toute confiance ; un beau jour, le

misérable s'enfuit avec sa caisse, et les Crépins
furent ainsi dépouillés de ce qu'ils avaient honnê-
tement et laborieusement acquis. Le mari mou-
rut de désespoir, la femme n'avait pas ce qui
aurait pu la soutenir dans ces cruelles épreuves.
Sans principes religieux, penchant vers les funes-
tes utopies socialistes, d'un caractère orgueilleux
et violent, elle s'en prit de son infortune à Dieu,
à la Société, et la haine farouche qu'elle voua à
son spoliateur rejaillit sur tous ceux qu'on
nomme les heureux de ce monde. Elle vécut
encore quelque temps à Paris, vendant son mobilier pièce à pièce; puis, à bout de ces tristes ressources, elle revint ici dans l'espoir d'y gagner son
pain et celui de sa fille ; mais les travaux de la
campagne étaient désormais au-dessus de ses forces, et son humeur hargneuse, même avec ses
égaux, la privant de toute pitié, elle tomba dans
l'excès de misère que vous voyez.

Mme DUFRESNE.

Voilà en effet de grands malheurs, et je con-
viens que les consolations de la foi et une certaine
élévation d'esprit sont indispensables pour sup-
porter dignement des maux qu'on juge imméri-
tés. Que faudrait-il, pour sortir Mme Crépin d'embarras !

Mᵐᵉ LEFÈVRE.

Une somme énorme pour elle et qui n'est pas
sans importance pour moi, la manière dont mon
mari exerce la médecine ne l'enrichit pas, et, à peu
de chose près, sa profession est tout notre patri-
moine. Cent francs seraient nécessaires.

(Madame Dufresne sort de sa poche une petite clef, va à son
pupitre, y prend un billet de banque et revient à Mᵐᵉ Lefèvre).

Mᵐᵉ DUFRESNE.

Les voilà, mais permettez-moi d'exiger que
Mathurine ignore d'où lui arrive ce secours.
Qu'elle revienne à des idées plus saines en toute
chose, qu'elle sache aimer, pardonner, et elle
trouvera en moi l'appui dont elle a besoin. —
Mais que je semble flatter ses passions et ses ran-
cunes, cela blesse mon propre orgueil.

Mᵐᵉ LEFÈVRE.

Dites votre très juste fierté. Soyez tranquille :
Dieu seul saura et reconnaîtra votre générosité,
mais mon mari va rentrer pour déjeûner et je ne
veux point le faire attendre.

(Elle tend la main à Madame Dufresne.)

A bientôt !

Mme DUFRESNE lui pressant la main avec effusion.

A toujours !

(Antoinette s'approche pour saluer Madame Lefèvre.)

Mme LEFÈVRE la baisant au front.

Bien heureuses sont les mères !

ANTOINETTE, gracieusement.

Pourquoi ne le seriez-vous pas un peu en ma faveur, chère madame ? n'éprouvé-je point pour vous respect et tendresse filiale ?

Mme LEFÈVRE l'embrassant encore.

Charmante enfant !

(Aux deux dames qui veulent la reconduire.)

Ne me reconduisez pas. Les vains usages du monde doivent disparaître entre nous.

(Elle sort, Mme Dufresne et Antoinette reviennent sur le bord de la scène.)

SCÈNE II.

ANTOINETTE.

Quelle excellente personne que Madame Lefèvre !

Mme DUFRESNE.

C'est le type de la femme chrétienne, et j'éprouve toujours bonheur et profit à l'entretenir.

Aujourd'hui, pourtant, je désirais presque son départ, car j'ai à te parler de choses sérieuses. N'as-tu pas remarqué que, depuis quinze jours, ton père et moi étions fort préoccupés?

ANTOINETTE.

Dites fort tristes, chère maman, et, sans oser vous interroger, je souffrais bien de votre silence.

Mme DUFRESNE.

Je ne le gardais que pour ne point te faire partager de poignantes angoisses, mais à présent qu'elles sont dissipées, je veux t'en apprendre la cause, car ton caractère réfléchi et ta raison précoce te donnent des droits à ma confiance : tu ne comprends rien aux opérations financières et je n'y suis guère plus habile que toi, je te dirai donc, sans détails inutiles, que ton père devait, le quinze du mois, demain par conséquent, faire un payement de 40,000 francs Ce n'était pas chose imprévue, mais l'énorme faillite d'un banquier américain le frappant indirectement, enleva à ton père les ressources sur lesquelles il comptait pour ce versement. Il y allait de l'honneur comme de la fortune, car un retard de vingt-quatre heures pouvait amener des demandes qui l'eussent forcé à déposer son bilan. Il essaya

secrètement, une indiscrétion pouvant décider la
catastrophe, de faire un emprunt. Par divers
motifs, dont tous ne sont pas honorables pour ses
confrères, il n'éprouva que des refus. Enfin, il se
souvint d'un ami de jeunesse qui, au fond de la
Bourgogne, a élevé une usine qu'on dit en
pleine prospérité ; ton père lui exposa franche-
ment sa position, et cet ami généreux et fidèle lui
répondit qu'il n'avait pas entre ses mains la
somme voulue, mais qu'il espérait la réaliser à
temps. Ton père partit de suite pour prendre les
derniers arrangements. Rien n'était sûr encore,
mais quelques minutes avant la visite de Mme Lefèvre, j'ai reçu une lettre où ton père me mande
qu'il a en portefeuille les fonds nécessaires, et
qu'il arrivera quelques heures après sa missive
pour, de là, se rendre à Paris, afin de terminer, à
l'échéance, cette importante affaire.

ANTOINETTE

(Qui pendant ce récit a donné les marques d'une vive émotion.)

Pauvre maman ! comme vous avez dû souffrir !
et ces cruelles inquiétudes ne se reproduiront-elles
jamais.

Mme DUFRESNE.

Non, car ton père n'affrontera plus les terri-
bles chances de sa profession, il va la quitter avec

une fortune suffisante pour que, après nous, ta
sœur et toi jouissiez d'une large aisance, c'est
mon seul désir pour vous. Comme je le disais
tout à l'heure à notre digne amie, je m'applaudis
de ce changement de position, mais à ton âge,
on juge le monde autrement qu'au mien : ne
regretteras-tu point le séjour de Paris ?

ANTOINETTE.

Non maman, ma tendresse profonde pour
vous, pour mon père, qui nous appartiendra da-
vantage, enfin pour ma sœur que notre différence
d'âge rend presque ma fille, satisfait pleinement
aux besoins de mon cœur. Quant à ceux de
l'imagination... (avec un léger embarras) vous le
savez, je suis un peu rêveuse, un peu poëte,
comme dit papa, et les merveilles de la nature,
en me rappelant sans cesse la grandeur, la puis-
sance et la bonté divines, me causent des joies
que je préfère infiniment à des plaisirs moins
purs... j'ai déjà compris, mère ! que le vrai but
de la vie n'est pas de briller dans les salons !

Mme DUFRESNE, attendrie.

Chère enfant ! ah ! madame Lefèvre a bien raison d'envier mon bonheur !

(D'un ton plus ferme.)

Mais où sont donc Julienne et Céleste ?

ANTOINETTE, gaîment.

Tout au fond du parc avec leur chèvre Gazelle ;
du moins, il y a peu d'instants je les ai vues toutes trois gambadant à qui mieux mieux dans les
allées, et elles ont disparu sous les arbres, mais
elles ne tarderont pas à rentrer. Voici l'heure des
leçons et Julienne prend au sérieux son rôle de
catéchiste. Tenez ! justement elles accourent, la
chèvre en tête !

SCÈNE III.

(Madame Dufresne se penche sur la fenêtre. Julienne qui la
voit lui crie du dehors.)

JULIENNE.

Maman, voulez-vous me permettre de faire
entrer Gazelle dans le salon ?

Mme DUFRESNE.

Non, ma fille ; ce n'est pas sa place, et elle
pourrait tomber sur le parquet glissant et se faire
du mal.

JULIENNE.

C'est vrai, eh bien, Céleste, vas conduire Gazelle

à son étable et reviens vite ; nous avons beaucoup à travailler ce matin.

Presqu'au même instant, elle paraît à la porte, rouge, essoufflée, les cheveux en désordre, une corde à sauter à la main ; elle se précipite vers sa mère qui s'assied dans un fauteuil, l'attire à elle, lisse ses cheveux, la caresse. Antoinette appuyée sur le dos du fauteuil, les regarde tendrement.

Mme DUFRESNE.

Comme te voilà faite, petite folle ! et tout en sueur ! tu as donc bien couru ?

JULIENNE.

Oh oui, maman ! et sauté à la corde ! je montre à Céleste, mais elle n'a pas autant de dispositions pour cela que pour apprendre le catéchisme.

Mme DUFRESNE, souriant.

C'est plus important ! Tu as pris ton lait ?

JULIENNE.

Tout chaud ! je voulais traire Gazelle moi-même, mais Céleste a prétendu que, n'en ayant pas l'habitude, je ferais souffrir la pauvre bête.

Mme DUFRESNE.

Céleste a eu raison. Enfin ! tu te sens forte et bien portante, n'est-ce pas.

JULIENNE, sautant.

Très forte ! ah n'ayez pas peur, maman ! je ne
retomberai pas malade, ça vous ferait trop de
peine.

Mme DUFRESNE, l'embrassant.

Garde donc tes fraîches couleurs pour ton père
qui revient aujourd'hui.

JULIENNE, frappant dans ses mains.

Quel bonheur ! si nous allions le chercher à la
gare de Saint-Cloud ?

Mme DUFRESNE.

Ton père me recommande de ne le point faire,
ne sachant pas quel train il pourrait prendre.
A tout hasard, j'ai envoyé Baptiste et le cabriolet
l'attendre, mais je ne pense pas qu'il arrive
avant le convoi de deux heures. Ah ! bonjour
Céleste.

2

SCÈNE IV.

Elle se lève, Céleste entre, va lui baiser respectueusement la main, puis la regarde attentivement.

CÉLESTE.

Vous allez mieux, Madame ?

Mme DUFRESNE.

Mieux ! est-ce que tu me croyais malade ?

CÉLESTE.

Peut-être pas malade, mais depuis bien des jours je vous voyais triste, et il me semble que vous ne l'êtes plus ce matin.

Mme DUFRESNE.

Rien ne t'échappe ! j'ai eu en effet quelques inquiétudes, mais elles sont entièrement passées.

CÉLESTE.

J'en suis bien contente.

Tirant un ouvrage de la poche de son tablier et le présentant à Antoinette.

Mademoiselle Antoinette, voici ma bande de feston.

ANTOINETTE examinant l'ouvrage.

Très bien ! il ne te faut plus qu'un peu d'habitude pour que le point soit parfaitement régulier, mais tu as fait le double de la tâche que je t'avais donnée. Tu as donc bien envie d'apprendre à travailler ?

CÉLESTE.

Oh oui, mademoiselle, maman est si pauvre !

Mme DUFRESNE, à part.

Charmante nature !

(Haut).

Allons mes enfants, mettez-vous à l'étude, moi, je vais faire préparer un bon déjeûner pour le cher voyageur qui, au résumé, peut être ici dans vingt minutes ; me suis-tu, Antoinette ?

ANTOINETTE.

Oui maman, je range ma tapisserie.

JULIENNE.

Maman, si papa arrive bientôt, vous m'enverrez chercher, n'est-ce pas !

Mme DUFRESNE.

Assurément.

SCÈNE V.

Elle sort avec Antoinette. Julienne s'assied sur le canapé ; Céleste va prendre sur une table un petit catéchisme qu'elle présente à Julienne, et reste debout devant celle-ci.

JULIENNE, avant d'ouvrir le livre.

As-tu fait ta prière ce matin, Céleste ?

CÉLESTE.

Oui, mademoiselle, je l'ai faite devant la Sainte Vierge que vous m'avez donnée Oh ! qu'elle est belle et que j'aime à la regarder !

(Elle prend instinctivement la pose de N.-D. de Lourdes.)

Vous m'avez dit qu'elle était apparue ainsi à une petite fille pauvre et ignorante comme moi. Oh ! si je pouvais la voir aussi.

JULIENNE, ouvrant le catéchisme.

Ça n'est guère probable, mais si nous sommes sages, nous la verrons ensemble dans le ciel. As-tu appris par cœur l'acte de charité ?

CÉLESTE.

Oui, Mademoiselle.

JULIENNE.

Voyons.

CÉLESTE, récitant.

Mon Dieu, je vous aime de tout mon cœur, de toutes mes forces, par-dessus toutes choses, parce que vous êtes infiniment bon, infiniment aimable, et j'aime mon prochain comme moi-même pour l'amour de vous.

JULIENNE.

Tu comprends cela !

CÉLESTE.

Pas très bien la fin. Qu'est-ce donc que notre prochain ?

JULIENNE.

C'est tout le monde.

CÉLESTE, surprise.

Comment, tout le monde ?

JULIENNE.

Mais oui. Notre prochain c'est d'abord notre famille, puis nos amis, puis ceux que nous connaissons, enfin, ceux que nous ne connaissons pas, c'est donc en effet tout le monde.

CÉLESTE, songeuse.

Et nous devons aimer tout le monde ?

JULIENNE.

Sans exception !

CÉLESTE.

Même ceux qui nous ont fait beaucoup de mal ?

JULIENNE.

Certainement. Notre Seigneur a aimé ses bourreaux, et c'est pour eux principalement qu'il est mort.

(Céleste ne répond pas et semble réfléchir profondément.)

JULIENNE.

Tu ne saisis pas bien encore? écoute donc ce qui m'est arrivé à moi-même. Il y a longtemps que, dans ma prière, je récite l'acte de charité. Dans le commencement, un jour que j'étais embarrassée comme toi, je demandai à maman ce qu'on entendait par le prochain. Elle m'expliqua que le bon Dieu étant notre père à tous, nous étions frères par conséquent, et que, riches et pauvres, dans la joie ou dans la peine, nous devions nous entr'aider et nous aimer mutuellement. (D'un ton d'importance.) J'étais encore une enfant à cette époque, et je demandai si ma chèvre,

que j'aimais beaucoup, était aussi mon prochain.
Maman répondit que non, parce que j'avais une
âme et que Gazelle n'en avait point, mais que je
pouvais l'aimer tout de même pour l'amour de
Dieu, puisque c'est lui qui a créé tout ce qui existe
en ce monde, et qui a mis dans les mamelles de
ma chèvre, le bon lait qui m'a guérie. Maman
ajouta que, en remontant toujours à Dieu, il
m'était permis d'aimer de même mon chien, mes
oiseaux, et jusqu'aux fleurs de mon parterre. Pour
lors, ma sœur Antoinette qui nous écoutait, tout
en brodant, et qui, tu sais, compose de si beaux
Noël, se mit tout à coup à chanter, en l'arrangeant
à sa façon, ce couplet d'un vieux cantique,

(Elle chante avec entrain.)

O vous, enfants pieux,
　Toujours joyeux,
Et pleins d'espérance,
O vous, enfants pieux,
　Toujours joyeux,
Vous serez heureux,
En gardant la paix de l'enfance,
Et surtout l'aimable innocence,
O vous, du Ciel un jour
　Charmante cour,
Soyez tout amour !

CÉLESTE, joignant les mains.

Ah ! Mademoiselle Julienne, que c'est joli, apprenez-moi donc ça !

JULIENNE.

Je veux bien. Mets-toi là.

Elle la fait asseoir près d'elle sur le canapé, lui passe un bras autour du cou, et leurs deux mains s'unissent sur leurs genoux.

Je vais répéter bien lentement, chante avec moi.

Ensemble et doucement.

O vous, enfants pieux,
Toujours joyeux,
Et pleins d'espérance,
O vous, enfants pieux,
Toujours joyeux,
Vous serez heureux,
En gardant la paix de l'enfance,
Et surtout l'aimable innocence,

Ralentissant encore les mouvements, et les yeux au ciel.

O vous, du Ciel un jour
Charmante cour,
Soyez tout amour !..

SCÈNE VI.

MARIETTE entrant, l'air triste.

Mademoiselle Julienne, Madame vous demande.

JULIENNE, vivement.

Est-ce que papa est arrivé ?

MARIETTE.

Oui Mademoiselle.

JULIENNE.

(Se précipitant au bas du canapé et jetant le catéchisme.)

O joie !

(Sur le seuil de la porte elle se retourne.)

Attends-moi, Céleste, je reviendrai dès que j'aurai bien embrassé papa.

SCÈNE VII.

A peine a-t-elle disparu que Mariette tire son mouchoir de sa poche, s'y cache la figure et éclate en sanglots.

CÉLESTE, effrayée.

Mademoiselle Mariette, qu'avez-vous donc ? Pourquoi pleurez-vous ainsi ?

MARIETTE, relevant la tête.

Ah ! tu peux bien retourner chez toi, va ! mademoiselle Julienne ne reviendra pas !

CÉLESTE.

Comment ! qu'est-il donc arrivé ?

MARIETTE.

Un malheur affreux. Monsieur, qui portait sur lui une somme considérable en billets de banque, a perdu le portefeuille qui les contenait.

CÉLESTE.

Ah ! mon Dieu ! et où cela ?

MARIETTE.

Sur la route de St-Cloud ici, en montant dans le cabriolet qui l'attendait, monsieur est sûr d'avoir senti ce portefeuille dans la poche de son paletot ; au bout de quelques instants, le cheval lancé à fond de train a boité, puis a refusé de marcher. Monsieur est descendu de voiture pour visiter avec Baptiste les pieds du pauvre animal. Un caillou, engagé dans l'un des fers, le blessait. Monsieur suppose que c'est dans le mouvement qu'il s'est donné pour extraire lui-même ce cail-

lou, que le portefeuille aura glissé de sa poche ;
Baptiste est retourné en toute hâte pour le chercher, mais il est fort à craindre que déjà il ait été
ramassé par quelque passant.

CÉLESTE.

On le rapportera peut-être.

MARIETTE.

Compte là-dessus ! les billets de banque n'ont
ni marques, ni maîtres, et peu de gens résiste-
raient à la tentation de les garder !

CÉLESTE.

Il y en avait pour bien de l'argent ?

MARIETTE.

Il le faut car, en s'apercevant de sa perte, monsieur s'est écrié : c'est la ruine et le déshonneur
de ma famille !

CÉLESTE.

Ces dames doivent être désolées.

MARIETTE.

Naturellement.

CÉLESTE.

Je voudrais bien les voir.

MARIETTE.

Impossible ! elles sont enfermées avec monsieur. En passant devant la porte du cabinet, j'ai
entendu monsieur qui criait : un homme désho-
noré doit mourir, et madame répondait : aie pitié
de ta femme et de tes enfants !

CÉLESTE, sanglotant.

Mon Dieu, mon Dieu.

(Tout à coup, et d'un air résolu.)

Comment ce porte feuille est-il fait ?

MARIETTE.

Comme ils le sont tous. Celui-ci est en maro-
quin vert, je n'en sais pas autre chose.

CÉLESTE, s'essuyant les yeux.

Je cours le chercher !

MARIETTE.

A quoi bon ? S'il est resté à l'endroit où il est
tombé, Baptiste doit l'avoir trouvé.

CÉLESTE.

N'importe ! N.-D. de Lourdes m'obtiendra la
grâce d'être utile à mes chères bienfaitrices !

Elle sort en courant.)

SCÈNE VIII.

MARIETTE.

Pauvre enfant ! elle n'est pas ingrate du moins,
celle-ci.

(On entend un violent coup de sonnette.)

Ah ! madame a besoin de moi !

(Elle sort vite.)

FIN DU PREMIER ACTE.

ACTE SECOND.

SCÈNE I.

La scène se passe chez Mathurine. Un chambre basse de l'aspect la plus misérable. Pour tout mobilier, deux chaises dépaillées, une table boiteuse, une vieille armoire, deux portes, l'une donnant sur la route, la seconde dans une pièce intérieure. Du même côté une fenêtre basse. Mathurine est seule. Un portefeuille vert est jeté sur la table. Madame Crépin, très agitée, compte et manie une liasse de billets de banque.

MATHURINE.

Quarante billets de mille francs ! juste ce que ce gueux de banquier m'a emporté ! Ah ! si c'était lui qui eût perdu ce portefeuille ! mais, c'est toujours un riche, et tous les riches sont les sangsues du pauvre peuple ; leur faire rendre gorge quand on le peut est donc de toute justice ! enfin, me voilà sortie de misère ! je retournerai à Paris en emmenant Céleste qu'il est temps de soustraire à l'influence de ces belles dames qui lui font tourner la tête avec leur dévotion, et qui se sont emparées d'elle sans s'inquiéter si ça me convenait. Je suis sa mère, pourtant, et j'ai bien le droit de l'élever à ma fantaisie. J'en ferai une honnête fille, comme je l'ai toujours été, mais

elle passera son temps à autre chose qu'à marmo-
ter des *oremus*... Pourtant il faudra patienter ;
attendre que le bruit de cet événement soit apaisé,
et garder mon secret avec le plus grand soin. Ran-
geons ces billets, je crois qu'on marche sur la
route.

Elle remet les billets dans le portefeuille, et le fait disparaître
dans sa poche, pas assez vite pour que Céleste qui entre ne l'ait
aperçu.

SCÈNE II.

CÉLESTE

Avec un cri de joie et se jetant au cou de sa mère.

Ah ! vous l'avez trouvé !

MATHURINE, la repoussant brutalement.

Quoi ! trouvé !

CÉLESTE.

Le portefeuille de M. Dufresne ! oh ! qu'il va
être heureux ainsi que mes chères bienfaitrices !

MATHURINE, feignant la surprise.

Ah ça, es-tu devenue folle ?

CÉLESTE.

Mais non, maman, je vous ai bien vue mettre là, dans votre poche, un portefeuille vert. C'est celui de M. Dufresne, qui l'a perdu sur la route de Saint-Cloud, et il est plein de billets de banque. Allons le lui rendre, mais je marcherai plus vite que vous. Je cours l'avertir.

(Elle veut sortir, sa mère la saisit par le bras et la rejette au fond de la pièce.

MATHURINE.

Reste là, et ne t'avise pas de répéter à qui que ce soit tes sottes histoires.

CÉLESTE, stupéfaite.

Mes histoires !

MATHURINE.

Oui, tes histoires, car je n'ai rien trouvé du tout.

CÉLESTE.

Mais j'ai vu...

MATHURINE, durement.

Tais-toi !

(Moment de silence.)

CÉLESTE, timidement.

Maman... non, je ne puis le croire....

MATHURINE.

Qu'est-ce que tu ne peux croire ?

CÉLESTE.

Que vous ayez l'intention de garder.... ce serait....

MATHURINE.

Quoi !

CÉLESTE, avec effroi.

Un vol !

MATHURINE.

Un vol ! et n'est-ce pas moi qui ai été volée. Un misérable ne nous a-t-il pas dépouillés, ton père et moi, de ce que nous avions gagnés par trente ans de travail et de privations ? Le chagrin a tué mon mari, et depuis, ai-je mangé un seul jour à ma faim, ai-je bu à ma soif, sinon l'eau claire des ruisseaux ?

CÉLESTE, attendrie.

C'est vrai, pauvre maman, vous avez bien souffert, mais ce n'est pas la faute de ceux qui me font tant de bien, et de meilleurs moments viendront. Mademoiselle Antoinette me montre à coudre ; je m'applique tant que je peux. Bientôt je gagnerai de l'argent, et il sera pour vous.

3

MATHURINE.

Ça me conduira loin ! crois-tu d'ailleurs que celles que tu nommes tes bienfaitrices songent à autre chose qu'à elles-mêmes ? C'est pour mieux t'exploiter qu'elles te fourrent dans la cervelle un tas d'idées creuses, et dès que tu seras bonne à quelque chose, elles te feront l'honneur de te prendre pour femme de chambre.

CÉLESTE.

Je le voudrais, afin de leur prouver ma reconnaissance par mon dévouement. Puis elles me donneraient des gages qui vous permettraient de vivre presque sans travailler.

MATHURINE.

Nous n'en sommes pas là.

(Se radoucissant et d'un ton insinuant.)

Ne préférerais-tu pas revenir à Paris, où tu étais si heureuse entre un père et une mère qui t'adoraient ? Alors, tu n'étais pas vêtue de robes fanées et recoupées, tu ne mangeais pas, avec des domestiques insolents, les restes de maîtres orgueilleux. Te rappelles-tu comme ta petite chambre était agréable avec ses rideaux blancs, ses fleurs et ses oiseaux ? Comme tu avais de jolies toilettes ? Comme tu t'amusais dans le jardin du Luxembourg où ton père te conduisait chaque jour. Souviens-toi des bons goûters que nous faisions le dimanche dans les Bois de Boulogne ou de Vincennes ? Dis ! cette existence ne valait-elle pas mieux que celle que tu mènes aujourd'hui ?

CÉLESTE.

Peut-être, maman ! mais à quoi bon parler de ce qui est impossible ?

MATHURINE.

Une seule chose est impossible, hélas ! rendre la vie à ton pauvre père. Le reste peut se retrouver.

CÉLESTE, la regardant tristement.

Par quels moyens ?

MATHURINE, d'une voix caressante.

Qu'importe, si tu es heureuse ?

CÉLESTE, secouant la tête.

Le bien mal acquis ne donne pas le bonheur !

MATHURINE, reprenant sa colère.

Va le demander à ce coquin de banquier qui roule carrosse en Angleterre ?

CÉLESTE.

Il n'est peut-être pas aussi tranquille que vous
le pensez. En tout cas, il est une autre vie où
Dieu juge et punit.

MATHURINE.

Les prêtres et les riches disent cela pour nous
tenir en esclavage. Est-ce que, s'il y avait un bon
Dieu dans le ciel, on verrait partout sur la terre,
les bons pâtir, et les méchants prospérer ?

CÉLESTE.

Hélas ! je ne suis qu'une enfant, incapable d'ex-
pliquer ces mystères, et je ne puis m'adresser
qu'à votre cœur. Vous dites que vous m'aimez,
chère maman, eh bien, donnez m'en une preuve
qui me rendra mille fois plus heureuse que je ne
l'étais à Paris, redoublera ma tendresse pour
vous et me fera vous vénérer comme une sainte.
Rendez cet argent dont vous ne pouvez vous ser-
vir sans qu'on devine d'où il vient. Même
en ce monde, vous en serez récompensée. M. Dufresne est généreux, il vous donnera...

MATHURINE.

Oui, comme on jette à un chien affamé, un os
dont toute la chair est enlevée.

CÉLESTE.

Il n'en serait pas ainsi, mais quand bien même cela arriverait, nous serions tranquilles et honorées dans notre misère du moins. O maman, je vous en conjure à genoux.

(Elle éclate en sanglots et tombe à genoux.)

Restons honnêtes ! C'est la vie que je vous demande, hélas ! La honte et le désespoir tuent plus surement que la faim !

MATHURINE, la relevant durement.

Comme tu deviens belle parleuse ! mais terminons une comédie qui n'a que trop duré. Je te dis et te répète que je n'ai pas ce portefeuille, et que je te défends de sortir d'ici. Rentre dans ton taudis. Je ne puis t'y enfermer, la porte n'a pas de serrure, mais si tu bouges, prends garde à toi !

(Elle pousse sa fille dans la pièce du fond, en tire la porte, et revient sur le bord du théâtre.)

SCÈNE III.

La sotte ! elle m'a gâté tout mon bonheur ! pourvu que personne n'ait entendu... mais cette baraque isolée n'a point de voisinage.. Je ne sais

où j'en suis, la tête me part !... Il faut réfléchir
pourtant. . puisque c'est M. Dufresne qui a perdu
ces billets, je dois redoubler de précautions. Ce
n'est que dans bien du temps que je pourrai
faire usage de cet argent, et le garder sur moi
n'est pas possible. Où le cacher ?

(Elle regarde autour d'elle.)

Ah ! sous cette vieille armoire dont le dernier
rayon est pourri, n'y a-t-il pas un trou ?..

(Elle se baisse et passe la main sous le meuble.)

Justement ! le portefeuille ira au fond.

(Elle prend le portefeuille dans sa poche et le met dans le trou.)

Mais il faudrait le recouvrir... j'y suis ! Les
maçons qui travaillent à la grange de Mathieu,
doivent être à goûter, maintenant ! une brique,
un peu de mortier, et mon trésor est en sûreté !

Elle sort en courant par la porte ouvrant sur le chemin.
Céleste, qui a tout épié, sort de sa chambre, s'empare du portefeuille, ouvre la fenêtre basse donnant du côté opposé à l'entrée,
s'élance et s'enfuit en courant. (Ceci doit se faire avec rapidité.)
A peine Céleste a-t-elle disparu, qu'on frappe à la porte que
Mathurine a tirée sur elle, sans la fermer. Second coup à cette
porte que Madame Lefèvre pousse enfin, elle entre.

SCÈNE IV.

Mme LEFÈVRE.

Personne ! Mais n'est-ce pas Céleste que j'aper-
çois, courant à toutes jambes... après sa chèvre,
sans doute ?

(Elle s'approche de la fenêtre et crie :)

Céleste ! Céleste ! elle ne m'entend pas, ou n'en
fuit que plus vite ! Quelle vélocité ! Certes, Gazelle
ne la dépasserait point tout à l'heure .. O jeunesse, jeunesse !

(Elle revient sur le devant du théâtre et regarde autour d'elle.)

Quel dénuement ! tant de misère a bien droit à
l'indulgence, nous sommes impitoyables pour les
défauts du pauvre..... serais-je meilleure que Mathurine si j'étais soumise aux mêmes épreuves ?

SCÈNE V.

Mathurine entre essoufflée, elle porte dans son tablier quelques morceaux de briques, et un peu de mortier dans un tesson.
Surprise à la vue de Madame Lefèvre, elle se hâte de déposer
ces objets derrière la porte, puis s'avance avec embarras.

MATHURINE.

Vous ici, Madame ?

Mᵐᵉ LEFÈVRE, sans remarquer son trouble.

J'entre à l'instant, et pensant bien que vous
alliez revenir, puisque votre porte n'était pas fer-
mée, je voulais vous attendre, car j'ai une bonne
nouvelle à vous apprendre ; une personne qui
désire rester inconnue, vous envoie de quoi payer
votre propriétaire. Prenez et bénissez la Providence.

(Elle tend un billet de banque à Mathurine qui se recule d'un
air maussade.)

MATHURINE, avec ironie.

En effet, elle m'a singulièrement protégée !

Mᵐᵉ LEFÈVRE.

Toujours acerbe ! Rien n'est triste comme de
voir l'affligé rendre inutiles par son manque de
résignation les maux qui, bien portés, lui vau-
draient une si belle couronne ! Vous souffrez
beaucoup, Mathurine, mais vous doublez vos pei-
nes par votre mauvais caractère. Pourquoi repous-
ser la bienveillance qui ne demande qu'à venir à
vous, pourquoi ne point chercher dans la religion
les forces et les consolations que, très certainement, vous y trouveriez ?

MATHURINE.

Et pourquoi le bon Dieu, puisque bon Dieu il y a, a-t-il permis que je fusse indignement volée, moi qui n'avais jamais fait tort à personne ?

Mme LEFÈVRE.

N'avez-vous jamais fait tort à Dieu ?

MATHURINE, surprise.

Et comment le pouvais-je ?

Mme LEFÈVRE.

En lui refusant l'amour et l'hommage qui lui sont dûs. L'avez vous prié chaque jour ? Alliez-vous seulement à la messe le dimanche ?

MATHURINE.

Je n'avais pas le temps, et ça ne convient pas à tous les maîtres. Croyez-vous que ce scélérat de banquier eût trouvé bon que je négligeasse son service pour courir les églises ?

Mme LEFÈVRE.

C'est justement parce qu'il oubliait Dieu et le soin de votre âme qu'il est devenu un malhonnête homme. Vous êtes restée probe et fidèle, je le sais.

Vous auriez rougi de vous approprier le bien
d'autrui. (Mathurine détourne la tête.) Et c'est une
grande vertu naturelle. Mais elle ne suffit pas
pour conquérir le ciel. Il faut y joindre la foi et...
l'humilité. On parle beaucoup de l'orgueil du
riche ; chez plusieurs, il est grand, et Dieu le
jugera sévèrement. Mais l'orgueil du pauvre est-il
moins condamnable ? Et n'est-ce pas l'orgueil qui
rend le prolétaire jaloux d'une position plus élevée
que la sienne? lui fait rejeter comme injurieuse
une juste et loyale assistance, et l'entraîne sou-
vent à des excès dont il est la première victime ?
Sans aller jusqu'à ces extrémités, oseriez-vous
affirmer, Mathurine, qu'il n'y a point d'orgueil
dans la façon dont vous supportez vos malheurs ?
dans l'opposition sourde que vous mettez aux bienfaits dont votre fille est l'objet! Pourquoi êtes-vous
fâchée qu'on lui enseigne ce dont vous ne lui avez
jamais parlé : ses devoirs envers Dieu et le prochain? Vous lui donnez l'exemple de la probité,
soit !

(Mathurine cache sa figure dans ses mains.)

Mais, sachez-le bien, pour résister jusqu'au bout
à la tentation du mal, peut-être du crime, tous,
pauvres pécheurs que nous sommes, nous avons
besoin de nous appuyer sur la croix. — Je suis
heureuse de voir que mes paroles portent coup.

Adieu, je vais prier pour que le Seigneur vous
éclaire.

(Elle sort.)

SCÈNE VI

MATHURINE.

J'en deviendrai folle ! ne dirait-on pas qu'elle
a deviné ? (réfléchissant.) Cet argent ! je ne pourrai
jamais le dépenser... ne vaudrait-il pas mieux...

(Avec emportement.)

Non ! non ! non ! je ne le rendrai pas ! et si je dois
mourir de faim à côté d'un trésor, eux aussi pâti-
ront, et ça me consolera ! fermons vite la cachette.

(Elle va prendre les matériaux où elle les avait déposés, se
baisse et passe la main dans le trou.)

Ah !.. le portefeuille n'y est pas !

(Elle se relève avec terreur.)

L'ai-je remis dans mes poches... dans ce tiroir.

(Elle cherche.)

Rien !... rien !... on me l'a pris !.. Mme Lefèvre
est restée seule ici... mais elle ne pouvait soup-
çonner...

(Se frappant le front.)

Idiote que je suis ! c'est plutôt Céleste.

(Appelant d'une voix étranglée par la colère.)

Céleste ! Céleste !

(Elle court à la porte du fond et l'ouvre.)

Elle n'y est plus ! Ah ! la misérable ! elle m'a
volée ! Que le démon ne me l'envoie pas, je ne
sais ce que je ferais !

SCÈNE VII.

(Céleste entre furtivement par la porte du dehors, elle regarde
craintivement sa mère. Celle-ci, la saisissant violemment par
le bras.)

C'est toi, n'est-ce pas ?...

CÉLESTE, tombant à genoux.

Pardon ! pardon ! Maman !

MATHURINE.

C'est donc vrai ! Et qu'en as-tu fait ?

CÉLESTE, balbutiant.

Je l'ai porté... à... son propriétaire.

MATHURINE.

Au comble de la fureur et la relevant brutalement.

Ôte-toi de là, je te tuerais !

CÉLESTE.

Maman, maman ! écoutez-moi !

MATHURINE.

Vas-t'en, te dis-je, ne vois-tu pas que je ne me connais plus et que je suis capable de tout ?

(Céleste effrayée va se blottir dans un coin. Mathurine parcourt le théâtre avec des gestes furieux, murmure des paroles insaisissables. Tout à coup elle s'arrête.)

Qu'est-ce que j'entends !...... une voiture !..... Mesdames Dufresne en descendent... que veulent-elles ?...

SCÈNE VIII.

Madame Dufresne entre, suivie de ses deux filles. Elle se jette au cou de Mathurine stupéfaite. Antoinette et Julienne courent à Céleste, l'embrassent, lui parlent bas... Céleste se laisse faire sans répondre à leurs caresses. Elle regarde avec inquiétude sa mère et Mme Dufresne, en tâchant d'entendre ce qu'elles disent.

Mme DUFRESNE.

Ah ! Madame Crépin, merci, merci, et veuillez
m'accorder votre pardon ! je vous ai mal jugée !
j'ai méconnu votre beau et grand caractère !..
Vous vous vengez noblement. Ces quarante mille
francs ne sont point toute notre fortune, mais
leur perte, dans un moment de crise, entraînait
une ruine complète. Je vous dois l'honneur de
mon mari et l'existence de mes enfants.

MATHURINE, abasourdie.

Madame, ce n'est pas moi... C'est Céleste...

Mme DUFRESNE.

Eh oui ! Par un sentiment de délicatesse
qui nous a frappés d'admiration, M. Dufresne
et moi, vous n'avez pas voulu rapporter vous-
même ce portefeuille, et, sans doute sur votre
ordre, Céleste a disparu, dès qu'elle l'a eu
remis à ma femme de chambre, en lui disant :
c'est maman qui l'a trouvé... Ah ! vous n'aurez
point obligé des ingrats ! Mon mari n'a pu venir,
mais il m'a dit : va ! et charge-toi d'acquitter
notre dette, d'avance je ratifie tout. Dans le court
trajet de notre habitation à la vôtre j'ai donc dressé
notre plan. Vous avez connu les douceurs du

chez-soi. Nous vous les rendrons. Au bout du parc qui va nous appartenir, se trouve un châlet. On le fera approprier à votre usage ; un jardin, un pré, une basse-cour y seront joints. Enfin une rente viagère assurera la paix de votre vieillesse. Quant à l'avenir de Céleste, il nous regarde, mais nous ne voulons pas vous priver de cette charmante enfant, elle habitera avec vous ; seulement, quand vous le lui permettrez, et j'espère que ce sera chaque jour, elle viendra voir mes filles dont elle sera l'amie la plus chère.

MATHURINE, confuse et touchée.

En vérité, Madame, je ne suis pas digne...

Mme DUFRESNE, l'interrompant.

Il faut que je vous quitte. M. Dufresne doit être à Paris dans quelques heures, et j'ai pris, pour venir plus vite, la voiture qui doit le conduire au chemin de fer. Adieu chère, bien chère Madame ! Venez, mes enfants.

ANTOINETTE, à Céleste.

A revoir, bonne petite sœur.

JULIENNE.

Oui ! à revoir ! et j'espère qu'alors tu auras retrouvé la parole.

(Elles sortent toutes trois.) Mathurine pensive et la tête baissée est à un bout du théâtre. Céleste à l'autre bout la regarde timidement.

SCÈNE IX.

MATHURINE, doucement.

Céleste, j'ai été dure et injuste pour toi, me le pardonnes-tu ?

CÉLESTE, s'élançant dans ses bras.

Ah maman ! tout est oublié, et je vous aime et vous respecte plus que jamais !

MATHURINE, se dégageant doucement.

Laisse-moi te dire au moins, que je ne suis pas aussi mauvaise au fond que je le parais. J'ai toujours été colère et vindicative, c'est vrai, et le malheur et l'injustice m'ont exaspérée. Je me suis prise à haïr tous les riches que je croyais semblables à mon spoliateur... Mais ceux-là sont si peu fiers, si généreux... tiens, ma fille! ces éloges, ces bienfaits si peu mérités m'étouffent, et je vais dire à madame Dufresne...

CÉLESTE, la retenant.

Non, non, Maman, personne au monde ne doit savoir ce qui n'a été qu'un moment de tentation.. encore une fois oublions cela et, par notre tendresse plus encore que par le bien-être, soyons heureuses.

MATHURINE.

Si je puis l'être avec un pareil poids sur le cœur, c'est bien à toi que je le devrai, et je voudrais pouvoir t'en récompenser.

CÉLESTE,

(les mains jointes et avec un regard suppliant.)

Maman... je ferai ma première communion dans trois semaines...

MATHURINE.

Je te comprends... Ça te ferait donc bien plaisir!

CÉLESTE, avec un cri.

Oh maman!

MATHURINE.

Eh bien, mon enfant... fais de moi ce que tu voudras...

CÉLESTE, avec transport.

O Jésus ! O Marie ! Vous m'avez exaucée, je n'ai plus rien à désirer sur la terre !

FIN.

Moulins. — Imp. de C. Desrosiers.

PIÈCES